Copyright © 1996 by Nord-Süd Verlag AG, Gossau, Zürich, Switzerland
First published in Switzerland under the title *Pauli! Du schlimmer Pauli!*
Translation copyright © 1999 by North-South Books Inc.

First Spanish-language edition published in the United States in 1999
by Ediciones Norte-Sur, an imprint of Nord-Süd Verlag AG, Gossau, Zürich,
Switzerland.

Distributed in the United States by North-South Books Inc., New York.

Library of Congress Cataloging-in-Publication Data is available.
ISBN 0-7358-1075-3 (Spanish paperback) 10 9 8 7 6 5 4 3 2 1
ISBN 0-7358-1076-1 (Spanish hardcover) 10 9 8 7 6 5 4 3 2 1
Printed in Belgium

Si desea más información sobre este libro o sobre otras publicaciones de
Ediciones Norte-Sur, visite nuestra página en el World Wide Web:
http://www.northsouth.com

¡Dany, mira lo que has hecho!

Brigitte Weninger

Ilustrado por Eve Tharlet

Traducido por Susana Petit

UN LIBRO MICHAEL NEUGEBAUER

EDICIONES NORTE-SUR / NEW YORK

Dany se despertó cuando los rayos del sol iluminaron la madriguera. Iba a ser un hermoso día de verano.

"¡Tengo ganas de hacer tantas cosas!" pensó Dany. "Voy a tomar el desayuno bien rápido, y después me voy a encontrar con Eddie en el río para jugar con los barquitos."

Pero Dany se quedó mirando cómo las arañas tejían sus redes con hilos transparentes, y tardó mucho más de lo que pensaba en terminar su desayuno. Fue el último conejito en salir de la madriguera.

Mientras corría por el prado Dany iba golpeando la hierba con una rama, haciendo saltar en cada golpe un arco iris de rocío.

De repente, la rama se le escapó de la mano y salió volando hasta los pies de Dori, su hermanita.

—¡Dany, mira lo que has hecho! —gritó ella—.
¡Rompiste mis juguetes!
—Lo-lo siento —balbuceó Dany, y salió corriendo lo
más rápido que pudo.

En su carrera vio el viejo roble que estaba a la entrada del bosque.
Mientras daba la vuelta al árbol, pum . . . ¡se llevó por delante una
pared! ¡Pim, pam, pum! Una lluvia de ramas le cayó encima.

—¡Dany, mira lo que has hecho! —gritó su hermano Dino—.
Tumbaste mi casita. Con todo el trabajo que me costó construirla,
me la tiras abajo en un segundo.

Dino amenazó a Dany con una rama en la mano. Pero Dany, más
rápido que él, salió corriendo a esconderse en el bosque.

Pasó un buen rato hasta que Dany se animó a salir de su escondite. Le gustaba mucho el bosque. Allí, la tierra estaba cubierta por una capa de musgo suave y esponjoso.

"¡Qué divertido!" pensaba Dany brincando de un lado a otro. Pero de pronto, ¡oh, no!, Dany sintió que se hundía en un hueco profundo.

—¡Dany, mira lo que has hecho! —gritó su hermano Dodi—. Destrozaste mi madriguera secreta. ¡Espera a que te pille!

Pero Dany pudo escabullirse y salió corriendo antes de que su hermano lo alcanzara.

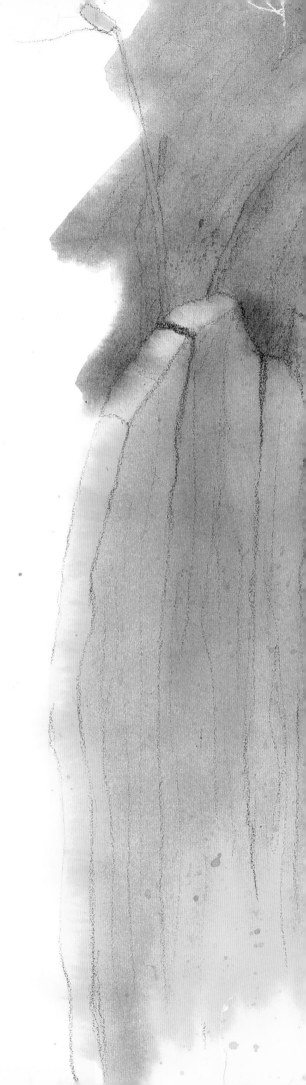

A la hora del almuerzo Dany regresó a su madriguera. Tenía mucha hambre, pero todavía nadie había vuelto a casa.

Se trepó a la despensa sólo para mirar. ¡Por supuesto no tenía la menor intención de comer nada!

Allí vio un nabo, algunas zanahorias, una bolsa de avena y un tazón lleno de moras frescas, jugosas, apetitosas. A Dany se le hizo agua la boca. Probó una, luego otra y otra más . . . Estaban tan deliciosas que era imposible parar.

De repente, Dany escuchó voces y se escondió detrás de la puerta de la despensa.

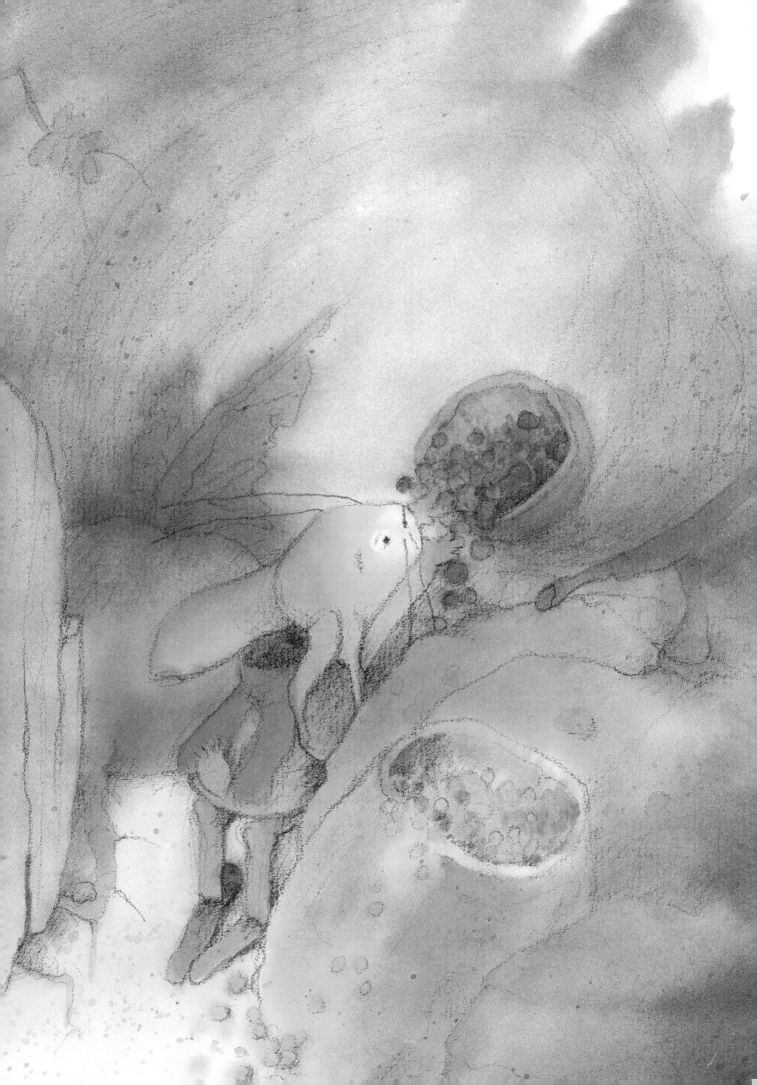

Eran Mamá Coneja y Dori que llegaban a casa.

—Dany se portó muy mal hoy —dijo Dori—. Rompió mis juguetes.
A mí me gustaría romperle los suyos.

A Dany se le partió el corazón. No era justo. Él no lo había hecho
a propósito.

Antes de que Mamá pudiera decir nada, entró Dino gritando.

—Dany se portó muy mal hoy. Tumbó mi casita. No deberías dejarlo jugar afuera nunca más.

Dany no podía creer lo que estaba escuchando. Había sido un accidente.

Luego entró Dodi corriendo. —Dany se portó
muy mal hoy. Destruyó mi madriguera secreta. Cuando
lo encuentre le voy a dar un tirón de orejas —dijo Dodi.
A Dany le dieron escalofríos. Él ni siquiera sabía que
la madriguera estaba allí, ¡no fue su culpa!
—Dany es un conejito muy malo —dijo Dori enojada.
—Dany no es malo —dijo Mamá—. Es un conejito
listo y bueno, pero un poco travieso. Voy a
hablar con él muy seriamente cuando
vuelva a casa. ¿Pero, dónde
está ese picarón?

—Bueno —dijo Mamá—, ya aparecerá. Niños vengan a comer.
Traje unas hojas tiernas de lechuga y para el postre tenemos moras.
"¡Oh no, las moras!" pensó Dany temblando de miedo.
¿Cómo explicarles que él había querido probar sólo una o dos?

Mamá fue a la despensa y encontró el tazón vacío.
Luego vio que Dany estaba acurrucado detrás de la
puerta y tenía el hocico manchado de rojo.

—¡Ahí estás, pequeño bribón! —dijo ella.

Tratando de hacer sonreír a su mamá, Dany abrió
los brazos, ladeó la cabeza y dijo:

—¿No me das un besito?

—Claro que no —respondió la mamá muy seria—.
Hoy no hay besos. Estamos todos muy enojados
contigo. ¿No tienes nada que decir?

Dany se quedó mudo, pero luego en voz muy bajita dijo:

—Lo siento, lo siento mucho, mucho. Yo no quería hacer nada malo.

—Pedir perdón no es suficiente —dijeron sus hermanos—. Te perdonamos si arreglas todo lo que rompiste.

—¿Qué quieren decir? —preguntó Dany.

—Tienes que reparar los juguetes que me rompiste —dijo Dori.

—Y mi casita —dijo Dino.

—Y ayudarme a cavar una nueva madriguera —dijo Dodi.

Dany miró a su mamá.

—Pero hoy quería jugar con Eddie —protestó.

—Bueno, tendrás que esperar hasta mañana —dijo la mamá—. Porque después de arreglar los juguetes de Dori, reparar la casita de Dino y cavar la madriguera de Dodi, tendrás que venir conmigo a recoger moras.

Esa tarde Dany estuvo muy ocupado.

Arregló los juguetes de Dori, y hasta encontró una hermosa pluma para decorar uno de los pajaritos.

Clavó estacas en la tierra junto al viejo roble y ayudó a Dino a entrelazar ramitas. La nueva casita que construyeron quedó mucho más linda que la anterior.

Ayudó a Dodi a hacer su nueva madriguera.
Mientras su hermano cavaba, Dany se llevaba
la tierra con una canasta.

Y luego fue con su mamá a recoger
moras para la cena.

Esa noche Dany se sentía muy cansado. Estaba quedándose dormido en un rincón cuando llegó Papá Conejo.

—Hola, Dany —dijo su papá—. ¿Qué hiciste hoy? Pareces estar muy cansado.

Dany abrazó a su papá y le contó: —Arreglé los juguetes de Dori y construí una casita con Dino. Luego, ayudé a Dodi a cavar su madriguera y acompañé a mamá a recoger moras.

—¿Todo eso en un día? ¡Cuántas cosas! —dijo Papá y, muy orgulloso, le comentó a Mamá Coneja: —¡Parece que hoy Dany se portó muy bien!

Mamá Coneja, Dori, Dino y Dodi se echaron a reír.
Se rieron tanto que Dany también se empezó a reír.

Dany se puso de pie, abrió los brazos y dijo:
—¿Y ahora, me dan un besito?

Y uno por uno, todos se acercaron a darle un beso.